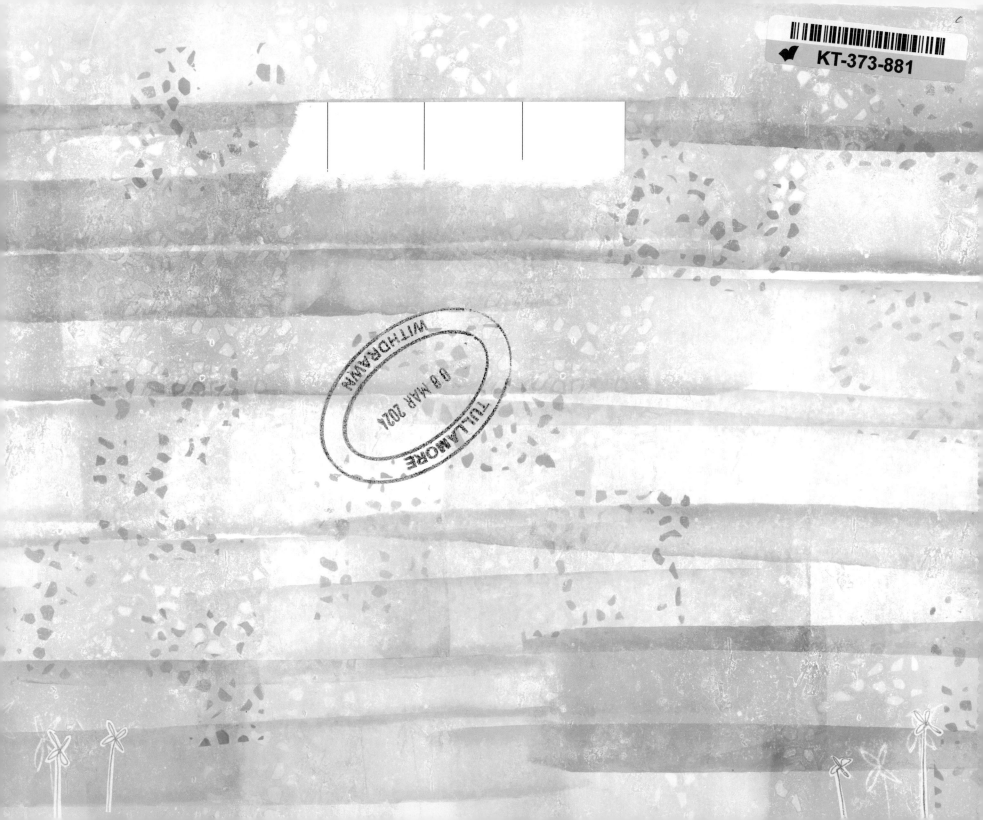

Do Mhuireann, Mhicheál agus do Ghréagóir

© Foras na Gaeilge, 2012

Obair ealaíne © Tatyana Feeney

ISBN 978-1-85791-816-8

Micheál Mac Diarmada a rinne an leagan Gaeilge

Dearadh agus leagan amach: Designit Creative Consultants Teo

PB Print a chlóbhuail in Éirinn

Le fáil tríd an bpost uathu seo:

An Siopa Leabhar,   *nó*   An Ceathrú Póilí,
6 Sráid Fhearchair,   Cultúrlann Mac Adam-Ó Fiaich,
Baile Átha Cliath 2.   216 Bóthar na bhFál,
siopa@cnag.ie   Béal Feirste BT12 6AH.
                                                   leabhair@an4poili.com

Orduithe ó leabhardhíoltóirí chuig:
Áis,
31 Sráid na bhFíníní,
Baile Átha Cliath 2.
eolas@forasnagaeilge.ie

www.malachydoyle.com

An Gúm, 24-27 Sráid Fhreidric Thuaidh, Baile Átha Cliath 1

Cillian agus an Rón

Malachy Doyle a scríobh • Tatyana Feeney a mhaisigh

An Gúm

Baile Átha Cliath

Bhí cónaí ar Chillian in Árainn
Mhór i dteachín beag bán a bhí ag
coimhéad amach ar an aigéan mhór.

Iascaire ba ea a athair. Ba bhreá le Cillian a bheith ag seoladh timpeall an chuain in éineacht leis ina bhád mór dearg.

'Tá bronntanas agam duit, a stór,' a
dúirt máthair Chilliain leis lá amháin.

Thug sí síos chun na farraige é. Bhí
a athair amach roimhe ag teacht
isteach sa chuan ar bháidín nua glas.

Bhí *Báidín Chilliain* scríofa ar a taobh.

Bhí Cillian ag seoladh an bháidín leis féin sula i bhfad. Ba ghnách lena chara mór, an seanrón liath, a bheith ag snámh lena thaobh chun é a choinneáil slán.

Chuaigh athair Chilliain amach
ag iascaireacht ina aonar go
mall tráthnóna amháin le linn an
tsamhraidh. D'éirigh stoirm fhiánta
i lár na hoíche agus faoi bhánú an
lae ní raibh tásc ná tuairisc air fós.

'Ná bí ag gol, a Mhamaí,' arsa
Cillian. 'Aimseoidh mise é!'

Sula raibh deis ag a mháthair
Cillian a stopadh bhí sé bailithe
leis ina bhád.

'An bhfaca tú mo Dhaidí?' a scairt sé leis an rón thar ghlafarnach na gaoithe.

'Ní fhaca, muise,' arsa a chara. 'Ach tar liomsa agus tiocfaimid air.'

Amach leo ar na tonnta garbha.
D'imigh siad thart faoin oileán ar
fad agus amach san fharraige mhór.

'Gabhfaimid síos go dtí Banríon na
Maighdean Mara,' a dúirt an rón.
'B'fhéidir go mbeidh a fhios aicise
cá háit a bhfuil sé.'

Cheangail Cillian a bhád le carraig
uaigneach agus chuaigh sé suas ar
dhroim a charad. Síos leo faoi bhun
na farraige doimhne dorcha.
Ar deireadh tháinig siad
a fhad le háit gheal ghleoite a
bhí lasta suas ag na mílte péarlaí.

Chnag an rón ar an doras agus
tháinig an bhanríon amach. Bhí súile
dorcha aici.

'Cad is ábhar leis an challán uile?'
ar sise de shiosóg. 'Músclóidh sibh
mo leanbh!'

'Tá brón orm, a bhean uasal,' arsa
Cillian, 'ach an bhfaca tú mo Dhaidí
áit ar bith? Bhí sé amuigh sa stoirm
agus níl tásc ná tuairisc air ó shin.'

'Gabh anseo,' arsa an Bhanríon. Thug sí Cillian a fhad le fuinneog.
Chonaic Cillian a athair tríd an fhuinneog. Bhí sé ag cruinniú
péarlaí ar thóin na farraige.

'Mo Dhaidí!' a scread an buachaill. 'An dtig leis teacht abhaile?'

'Tig leis, leoga ....' Fuair Banríon na Maighdean
Mara greim ní ba dhoichte ar a lámh. 'Ach
caithfidh tusa fanacht anseo ina áit.'

'Muise, ní fhéadfainn sin a dhéanamh!' arsa Cillian de bhéic. 'Ní fhéadfainn maireachtáil gan mo Mhamaí agus mo dheirfiúr bheag, Máirín, na héin, na rónta agus mo bhád álainn glas.'

'Bhuel, caithfidh tusa nó d'athair fanacht anseo, a ghasúir,' a dúirt Banríon na Maighdean Mara go gruama. 'Tá daoine de dhíth ormsa chun péarlaí a chruinniú le mo phálás a lasadh suas cionn is nach bhfuil maighdeana mara ábalta na sliogáin a oscailt.'

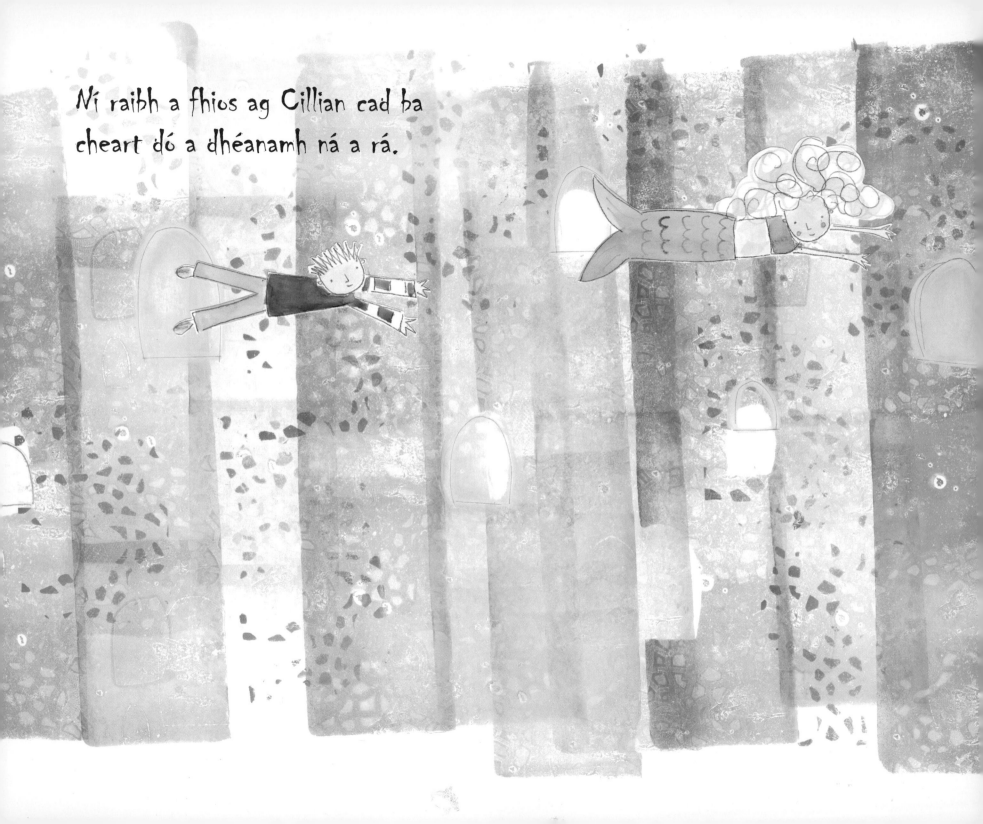

Ní raibh a fhios ag Cillian cad ba cheart dó a dhéanamh ná a rá.

Go tobann, chuaigh slua
d'ógmhaighdeana gleoite mara ag
snámh thairis agus iad ag gáire agus
ag scigireacht.

'Tar sa tóir orainn!' a ghlaoigh
ceann amháin acu.

Bhain sí smeach as a heireaball
draíochta agus, leis sin, níor
theastaigh faic ó Chillian ach iad
a thóraíocht. Ar aghaidh leo ag snámh
trí fhuinneoga an pháláis agus suas
síos na hallaí.

'Bhuel, an bhfuil d'intinn déanta suas agat, a ghasúir?' a d'fhiafraigh an Bhanríon de nuair a bhí an cluiche thart.

'B'fhéidir go bhfanfaidh mé, a bhean uasal,' a d'fhreagair Cillian agus é faoi gheasa ag áilleacht na háite.

'Bíonn níos mó gnó ag mo Mhamaí agus ag Máirín Bheag le Daidí ná mar a bhíonn acu liomsa. Má ligeann tú dó dul abhaile fanfaidh mise anseo chun na péarlaí a bhailiú duit.'

Chlaon Banríon na Maighdean Mara a ceann agus nuair a chas an buachaill timpeall bhí a athair ar shiúl aníos tríd an uisce.

Leag sí a lámh ar chroí Chilliain
ansin agus d'éirigh a chuid fola
fuar. Thug sí póg dó ar na pluca
agus rinne sé dearmad glan
ar a shaol in Árainn Mhór.

Bhí Cillian sona sásta faoin fharraige agus thug an Bhanríon
dó gach rud a theastaigh uaidh. Bhí obair éasca aige ag bailiú
go leor péarlaí chun an pálás a choinneáil faoi shoilse.

D'éirigh sé an-mhór leis na maighdeana mara óga agus níorbh fhada go raibh sé in ann snámh chomh mear leo.

Corruair i lár na hoíche,
áfach, mhúsclaíodh caoineadh
é óna chodladh. Thosaíodh sé
ag brionglóideach faoi Mháirín
agus faoina mháthair ar ais in
Árainn Mhór agus thagadh
an-ghruaim air dá bharr.

Nuair a dhúisíodh sé ar maidin, ámh, bhíodh na smaointe sin imithe óna cheann agus bhíodh sé sona sásta arís.

Thagadh cara Chilliain, an seanrón liath, anuas ar cuairt chuige gach tráthnóna.

'Nach mbraitheann tú uait do bhaile agus do theaghlach?' a d'fhiafraigh sé de Chillian lá amháin. 'Nach mbraitheann tú uait do mháthair?'

'Seo é mo bhaile!' a dúirt Cillian go borb. 'Is iad na maighdeana mara mo theaghlach agus is í an Bhanríon mo mháthair!'

'Arú, tá na mná éisc sin ag cleasaíocht ort. Éist, a Chilliain .…' Thug an rón sliogán galánta a bhí ina bhéal dó. 'Éist le fuaimeanna Árainn Mhór.'

Chuir Cillian an sliogán lena chluas. In áit fhuaim na mara a bhí mórthimpeall air a chluinstin, chuala sé ceol faoileán, feothan farraige Árainn Mhór agus, áit éigin i bhfad uaidh, a mháthair féin ag scairteadh air:

A Chilliain, cá bhfuil tú?

A Chilliain, cá bhfuil tú?

'Tar ar ais liomsa, a Chilliain,' a d'impigh an rón air, 'tá gach duine brónach gan tú.'

'Ní féidir liom,' a dúirt an buachaill. 'Ní féidir liom ós rud é go dtabharfaidh Banríon na Maighdean Mara m'athair anuas anseo i m'áitse.'

'Ceapaim go scaoilfeadh sí abhaile thú,' arsa an rón, 'más féidir linn a fháil amach céard atá uaithi níos mó ná rud ar bith eile ar domhan.'

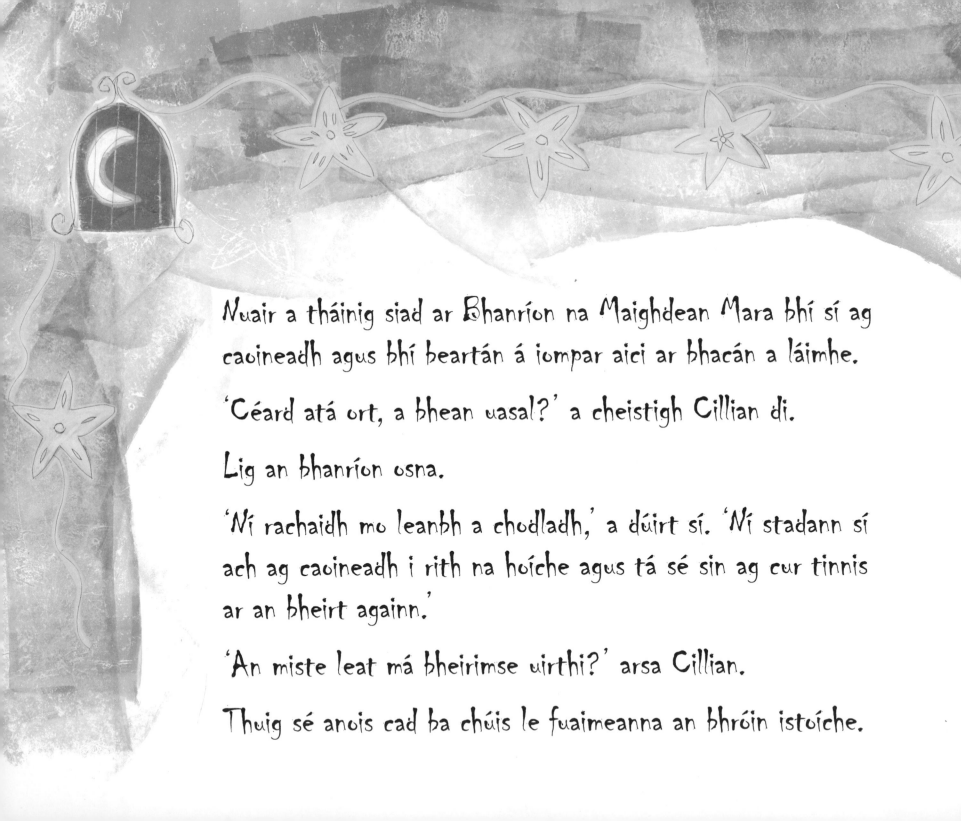

Nuair a tháinig siad ar Bhanríon na Maighdean Mara bhí sí ag caoineadh agus bhí beartán á iompar aici ar bhacán a láimhe.

'Céard atá ort, a bhean uasal?' a cheistigh Cillian di.

Lig an bhanríon osna.

'Ní rachaidh mo leanbh a chodladh,' a dúirt sí. 'Ní stadann sí ach ag caoineadh i rith na hoíche agus tá sé sin ag cur tinnis ar an bheirt againn.'

'An miste leat má bheirimse uirthi?' arsa Cillian.

Thuig sé anois cad ba chúis le fuaimeanna an bhróin istoíche.

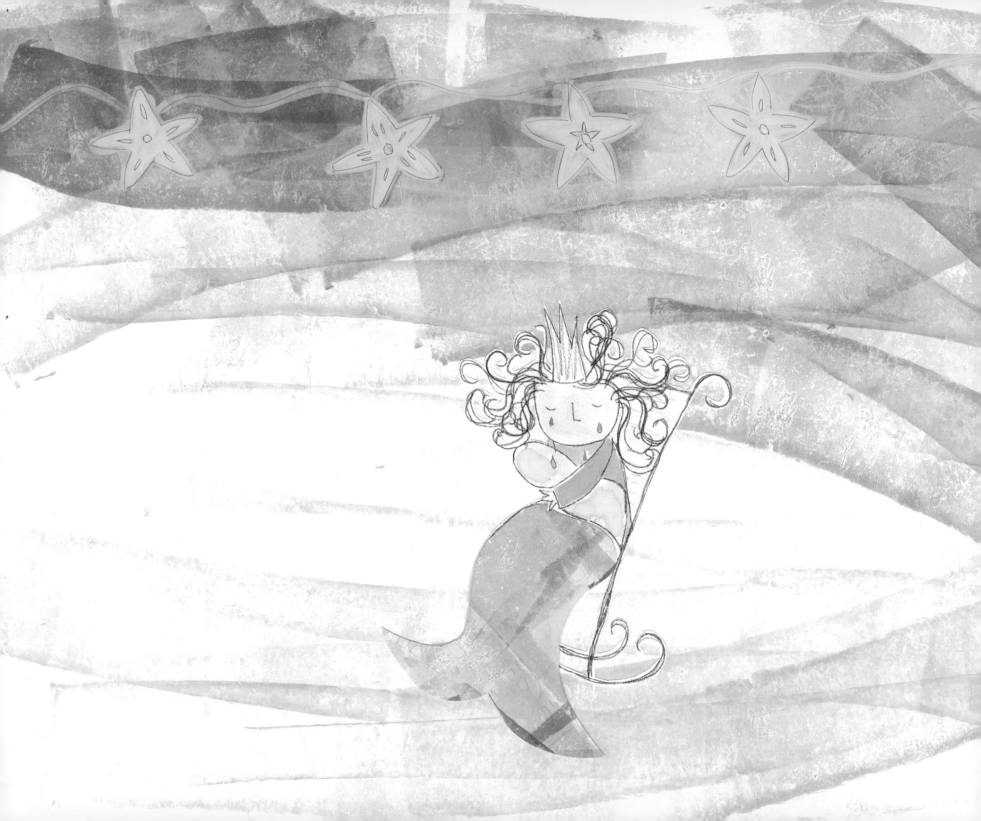

Fuair sé greim ar an mhaighdean bheag
mhara agus, leis sin, chuaigh leathchuimhne
trína chloigeann dá mháthair bhreá féin
ag cur Máirín a chodladh.

Bhí amhrán a mháthar ar bharr a theanga
aige:

Stop den chaoineadh is codail, a leanbh,
Dún do shúile is déan brionn, a stór.
Siar le do cheann is seol leat, a leanbh,
Snámh leat, a dhalta, is codail, a stór.
Fuist, a chuisle, codail, a chuisle,
Bí socair, a chuisle, snámh leat, a stóirín.
Déan brionn, a leanbh, seol leat, a leanbh,
Trasna na dtonnta le codladh, a stór.

'Tá sé ag obair!' Tháinig aoibh mhór gháire ar Bhanríon na Maighdean Mara. 'Stop sí den chaoineadh!'

Fuair sí greim ar an leanbh bheag mara agus rinne sí amhrán Chilliain a aithris di. Nuair a bhí an tsuantraí thart lig an mhaighdean bheag mhara osna mhór agus thit sí ina codladh i mbaclainn a máthar.

Leag an Bhanríon anuas í ar an leaba chaonach mara, thug sí lear mór póg di agus d'amharc sí ar Chillian agus fáthadh an gháire uirthi.

'Go raibh maith agat,' ar sí. Bhí a chineáltas tar éis dul i gcion go mór uirthi. 'Thaispeáin tú dom cén dóigh a dtig liom mo leanbh a cheansú agus grá a thabhairt di. Anois, a Chilliain, tig leatsa dul abhaile arís.'

'Céard faoi na péarlaí, a bhean uasal?' a cheistigh Cillian di. 'Conas a lasfaidh tú do phálás suas gan mise anseo?'

'Arú, is dócha go gcaithfidh mé mairnéalach eile a thabhairt anuas anseo,' arsa an Bhanríon agus í ag baint searradh as a guaillí. 'Ní thig linne, na maighdeana mara, maireachtáil anseo gan solas.'

'Tá mise in ann sliogáin a oscailt,' arsa an rón. 'Tiocfaidh mé anuas uair sa tseachtain chun iad a bhailiú duit d'fhonn do phálás a choimeád geal gleoite.'

Bhí Banríon na Maighdean Mara sásta leis an réiteach sin. Leag sí a lámh ar chroí Chilliain agus d'éirigh a chuid fola te arís. Thug sí póg dó ar na pluca agus chuimhnigh sé ar phóg a mháthar. Ina dhiaidh sin, thug sí cúnamh dó dul suas ar dhroim an tseanróin agus bhailigh siad leo aníos tríd an uisce boilgearnaí.

Nuair a shroich Cillian Árainn Mhór arís ar a bháidín glas, bhí an stoirm thart agus ní raibh scamall sa spéir. Bhí a mháthair, a athair agus a dheirfiúr bheag, Máirín, ina seasamh ar bhalla an chalaidh ag beannú dó agus aoibh an gháire orthu leis.